星星是怎么来的？

[英] 普纳姆 · 米斯特里 / 著绘
阿甲 / 译

海南出版社
· 海口 ·

很久很久以前，只有太阳和月亮给这世界带来光。

有一位渔夫的女儿，她喜欢光照在皮肤上的感觉。
白天，她跳舞、玩耍，在金线似的阳光中穿梭。

到了晚上，她拉开窗帘，躺在清凉的月光下，
想到远在海上工作的父亲，只能靠月光来指引方向。

可是，每个月总有几个晚上，
月亮会从人们的视线中溜走，
完全消失。那样的晚上，
渔夫只能独自留在海上的黑暗中。

女孩很担心，父亲
怎么才能平安地找到回家的路呢？

一天早晨，当太阳普照大地，
女孩在房间的角落里默默地哭泣。
“亲爱的孩子，怎么了？”太阳问道，
和煦的阳光将女孩包裹。

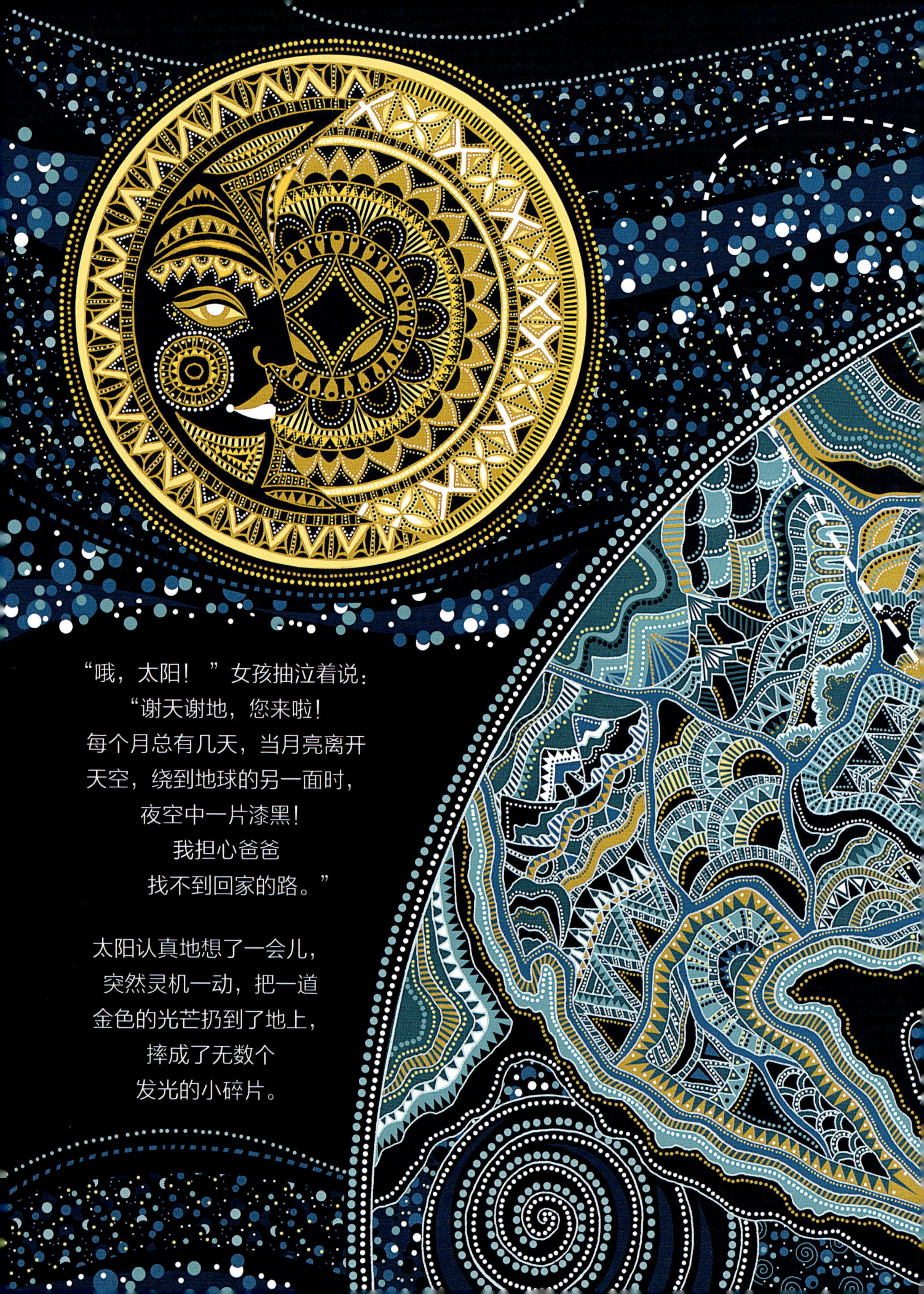

“哦，太阳！”女孩抽泣着说：
“谢天谢地，您来啦！
每个月总有几天，当月亮离开
天空，绕到地球的另一面时，
夜空中一片漆黑！
我担心爸爸
找不到回家的路。”

太阳认真地想了一会儿，
突然灵机一动，把一道
金色的光芒扔到了地上，
摔成了无数个
发光的小碎片。

“把我给你的这些发光的小碎片都收集起来吧。等到今晚，
当我落到地平线下，天光变暗时，你就把这些小碎片一个一个地
放到天上。它们会一闪一闪地发光，在最幽深、
黑暗的夜晚给人们带来光亮。
我们称它们为星星。”

那天晚上，渔夫的女儿爬上了
最高的山峰，站在天与地交接的地方，
她小心翼翼地把太阳给她的星星，
一颗一颗地放到深蓝色的天空中。

女孩从最亮的那颗星开始放，
她伸手把星星放在头顶的正上方。

“你将被称为北极星，”她宣布，
“你会指引北方！”

女孩慢慢地、仔细地把
星星摆放在天空中，创造出
美丽的图案和画面。
很快，消息传开了。
大家都知道了女孩创造的那些图画。
动物们从四面八方涌来，都想
把自己的肖像放到天空中。

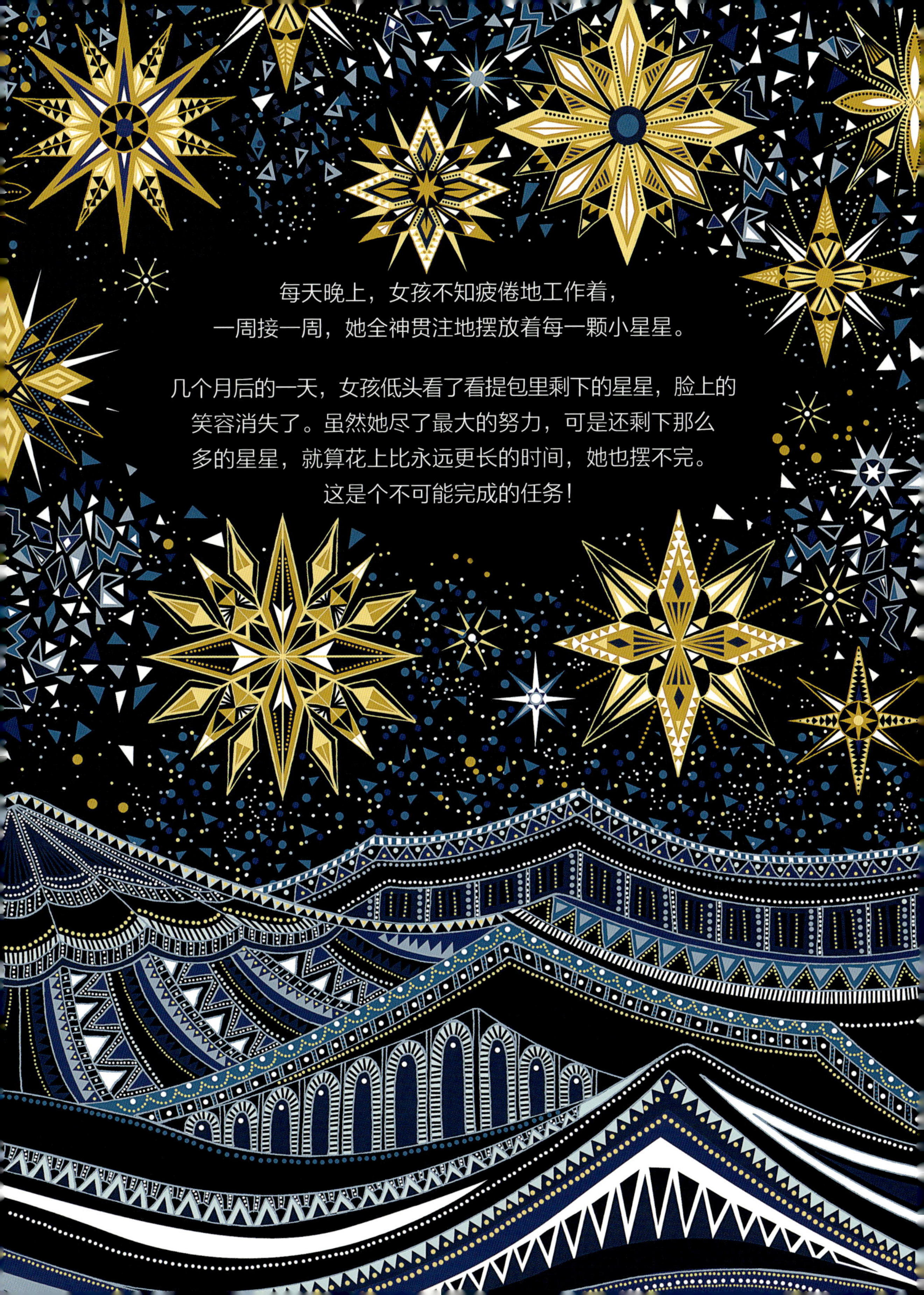

每天晚上，女孩不知疲倦地工作着，
一周接一周，她全神贯注地摆放着每一颗小星星。

几个月后的一天，女孩低头看了看提包里剩下的星星，脸上的
笑容消失了。虽然她尽了最大的努力，可是还剩下那么
多的星星，就算花上比永远更长的时间，她也摆不完。
这是个不可能完成的任务！

就在女孩
不停地把星星
放上天空的
时候，
一只猴子
一直在旁边仔细地
观察着她。
猴子坐在它最喜欢的
树的树枝上，那些闪亮的星星
吸引了它的目光！
当女孩双手抱头坐下来休息时，
猴子悄悄地从树上溜下来，
朝着装星星的提包走去。

起初，猴子只想摸一摸提包，看看摸一下
会不会受伤。但是，它禁不住诱惑，迅速地
抓起整个提包挂在尾巴上，飞快地往树上跑。
“等等，住手！”女孩大叫，她眼睁睁地看着猴子用尾巴
勾着提包飞快地蹿上树干，消失在枝叶深处。

女孩紧随其后，爬上大树。
猴子越爬越高，她也跟着越爬越高，
直到他们爬到树顶。
“把包还给我！”女孩一边喊道，
一边伸手去抓那个包的提手。

女孩和猴子争抢提包，
拉过来扯过去，互不相让。
突然，猴子松手了！

“哦，不！”女孩叫道，
“看你都做了些什么！
我摆的那些美丽图案都被你毁了。”

包里的星星全都飞洒出来，
飞向夜空，给渔夫女儿的
那幅作品制造了一道
巨大的污渍……

就在这时，女孩的目光被什么东西吸引了。她望向远处的大海，看到有什么东西被这一条崭新的、耀眼的星星光带照亮……那是她父亲的船。

女孩环顾四周，发现那道星星污渍照亮了她视线所及的整个世界。

人们从家中走出来，观看点亮夜空的那道闪烁、美丽的星光，
他们惊叹于那道新的弧形星星带，将它命名为银河。
这竟然是猴子无意之中创造出来的。

从那天起，渔夫每天晚上都能平安地找到回家的路。
这就是星星的由来。

献给我的双胞胎妹妹普丽娅
以及所有的初级医生和国家医疗服务体系的工作人员。

你们都是天上的明星。

How the Stars Came to Be
First published 2019 by order of the Tate Trustees
by Tate Publishing, a division of Tate Enterprises
Millbank, London SW1P 4RG

版权合同登记号：图字：**30-2021-034** 号

图书在版编目（CIP）数据

星星是怎么来的？ /（英）普纳姆・米斯特里（Poonam Mistry）著绘；阿甲译．-- 海口：海南出版社，2021.9
ISBN 978-7-5730-0094-1

Ⅰ．①星… Ⅱ．①普… ②阿… Ⅲ．①童话－作品集－英国－现代 Ⅳ．①I561.88

中国版本图书馆 CIP 数据核字（2021）第 137868 号

星星是怎么来的？
XINGXING SHI ZENME LAI DE?

作　　者：[英] 普纳姆・米斯特里
出 品 人：王景霞　谭丽琳
责任编辑：张　雪
责任印制：杨　程
出版发行：海南出版社
总社地址：海口市金盘开发区建设三横路 2 号
北京地址：北京市朝阳区黄厂路 3 号院 7 号楼 102 室
电　　话：0898-66812392　010-87336670
开　　本：787 mm × 1 092 mm　1/16
印　　张：2.5
书　　号：ISBN 978-7-5730-0094-1
译　　者：阿　甲
监　　制：冉子健
策划编辑：帽　子
印刷装订：北京汇瑞嘉合文化发展有限公司
读者服务：唐雪飞
邮　　编：570216
电子邮箱：hnbook@263.net
版　　次：2021 年 9 月第 1 版
印　　次：2021 年 9 月第 1 次印刷
字　　数：30 千字
定　　价：49.90 元